ODE

A M. LE MARQUIS
DE LA FAYETTE,

LIEUTENANT-GÉNÉRAL

DES ARMÉES DU ROI,

ET COMMANDANT

DE LA MILICE NATIONALE
PARISIENNE.

Dieux, donnez-nous la mort plutôt que l'esclavage.
VOLTAIRE.

1789.

ÉPITRE

A M. LE MARQUIS

DE LA FAYETTE.

Monsieur,

Un heureux hafard en plaçant le Diſtrict des Mathurins à la tête de la Milice Nationale, ſembloit lui avoir impoſé la douce obligation de vous préſenter, le premier, l'hommage de ſa reconnoiſſance. *Moins raſſuré par mes talens , qu'animé par le deſir de me rendre utile à mes concitoyens , j'ai brigué l'honneur d'être l'interprête fidèle de leurs ſentimens à votre égard. Trop heureux s'ils n'ont point à rougir de mon zèle, & ſi vous daignez agréer ce foible gage de la profonde vénération avec laquelle j'ai l'honneur d'être ,*

MONSIEUR;

Votre très-humble & très-obéiſſant
ſerviteur ,
SACOMBE , Médecin.

ODE

A M. LE MARQUIS
DE LA FAYETTE.

DE nos lys la gloire eſt flétrie,
L'État n'a plus de Défenſeurs ;
Courbe ta tête, ô ma Patrie !
Sous le joug de tes oppreſſeurs.
C'en eſt fait ; un ordre finiſtre
A banni l'immortel Miniſtre, [1]
Qui ſeul eût défendu tes droits ;
Tes enfans autrefois ſi braves,
Aujourd'hui tremblent en eſclaves,
Sous le meilleur de tous les Rois.

(6)

Peuple généreux & fenfible,
Toi, qui meurs pour la liberté, [2]
Et dont la valeur invincible,
De l'Anglois dompta la fierté; [3]
Heureux arbitre des deux Mondes,
Quand tes vaiffeaux fendant les ondes,
Sur nos bords vinrent triomphans,
Penfois-tu, pour prix de tes peines,
Voir un jour de ces mêmes chaînes,
Charger les bras de tes Enfans?

Par pitié cache-moi tes larmes,
Mon cœur fent l'horreur de ton fort;
Mais dois-je, au fein de tes alarmes,
Préférer les fers à la mort?
Quand dans les plaines de Pharfale, [4]
Céfar enchaîna ta rivale, [5]
Caton ne pût la fecourir;
Mais dès que la Reine du Tibre,
Sur fes bords ceffa d'être libre,
Le fage Caton fut mourir.

Quoi ! déjà les Troupes guerrières,
Ont déployé leurs étendards,
Déjà cent bouches meurtrières
Menacent au loin nos remparts !
Il faut un monſtre, dont la rage
Donne le ſignal du carnage,
L'Enfer l'a vomi de ſon ſein ;
Et dans ſa fureur ſanguinaire,
Au cœur d'un foible octogénaire, [6]
LAMBESC plonge un fer aſſaſſin.

SECONDEREZ-VOUS la furie
Du plus féroce des Mortels ?
Soldats , au ſang de la Patrie
Baignerez-vous vos bras cruels ?
En ce jour où vos cœurs novices
Lui conſacrèrent vos ſervices,
Fîtes-vous vœu d'être inhumains ?
Ne tardez plus , vils mercenaires, (a)
Que vos Concitoyens , vos Frères ,
Soient tous égorgés par vos mains.

(a) Ce reproche ne s'adreſſe qu'aux troupes qui inveſtiſſoient Paris , & non à
MM. les Gardes-Françoiſes, dont on connoiſſoit les ſentimens, & qui, par leur
généreux dévouement, ont mérité le titre de nos concitoyens, de nos amis &
de nos frères.

La voix expire dans leur bouche,
Leurs pleurs répondent à mes cris,
Une douleur morne & farouche
Se peint dans leurs yeux attendris ;
Quand foudain les foudres de guerre,
Sous mes pas ébranlant la terre,
Donnent le fignal du combat ;
L'Amour à Mars prête des charmes, [7]
On court, on vole, on crie *aux armes*,
Tout Citoyen devient Soldat.

Déja frémit le Defpotifme, [8]
L'air retentit de fes accens,
Sur fes autels le Fanatifme, [9]
Eteint fon facrilège encens :
Ces monftres, enfans de ténèbres,
Tout couverts de lambeaux funèbres,
Vont fe cacher dans les tombeaux ;
Et d'une main encor tremblante,
La Liberté court triomphante,
Brifer les portes des cachots.

SORTEZ,

Sortez, victimes généreuses, [10]
Venez admirer nos vertus,
Il est fur ces rives heureuses
Et des Cinnas & des Brutus ;
De vos fers montrez-nous l'empreinte,
A nos yeux vous pouvez, fans crainte,
Faire éclater la vérité :
Que l'auteur de vos maux frémisse,
Son nom flétri par la justice,
Vivra chez la postérité.

Que vois-je ? où court cette Euménide,
L'œil fixe & les cheveux épars ?
Sa bouche de carnage avide.....
Ah ! portez ailleurs vos regards ;
Le François n'est pas né barbare ; [11]
Ce Fils que la douleur égare, [12]
D'un Père a vengé le destin ;
Là du cœur d'un Ministre infame,
Le Peuple que fa haine affame, [13]
Va faire un horrible festin. [14]

B

VENEZ, un plus noble théâtre
Va fixer vos yeux éblouis :
Sur fon char voyez HENRI QUATRE,
Sous les traits heureux de LOUIS ;
Le plus fenfible des Monarques,
Du Trône dépofant les marques,
N'a plus l'appareil d'un vainqueur ; [15]
En ce jour à jamais profpère,
A fes Enfans ce tendre Père,
Vient rendre la paix & fon cœur.

CE jour fi fécond en miracles, [16]
Préfente à votre œil étonné,
De fes Sujets, de fes oracles,
Un Roi puiffant environné.
Le Héros qui marche à leur tête,
Digne héritier des LA FAYETTE,
Moiffonna de nouveaux lauriers :
Déjà les faftes de l'Hiftoire, [17]
Comptent ce Fils de la Victoire,
Au rang des plus fameux guerriers.

Sur les rives Américaines,
Cet intrépide Général,
Des *Catinats* & des *Turennes*,
S'est montré le digne rival.
Eleve heureux de Polymnie,
Il triompha par son génie,
Et des dangers & des hasards:
La Fayette prenoit des villes, [18]
A l'âge encore où les *Tourvilles*,
Recevoient des leçons de Mars.

Le seul mérite militaire,
En lui n'éblouit point mes yeux ;
Dans sa famille héréditaire,
Sa valeur vient de ses ayeux :
Mais des sentimens héroïques,
Mille vertus patriotiques,
En lui voilà son propre bien ;
Père sensible, époux fidèle, [19]
Des vrais amis parfait modèle,
Tel est ce Héros citoyen.

CIEL, protecteur de cet Empire,
Conferve-nous ce fils de Mars !
Que la France heureufe refpire
A l'ombre de fes étendards :
Maintiens par un jufte équilibre,
Le Peuple François toujours libre,
Mais toujours fidèle à fon Roi ;
Et que le Monarque lui-même,
Attache fon bonheur fuprême
A ne régner que par la Loi ! [20]

NOTES.

[1] *A banni l'immortel Ministre.*

LE 22 juillet, au moment où on devoit croire M. Necker plus affermi que jamais dans le Ministère, on apprit qu'il avoit reçu ordre de quitter Versailles ; cette nouvelle répandit la consternation dans Paris, & la bonté naturelle du Roi ne rassura pas les meilleurs Citoyens.

[2] *Toi qui meurs pour la liberté.*

Combien de braves Officiers n'avons-nous pas perdu dans la dernière guerre !

[3] *De l'Anglois dompta la fierté.*

La Nation Angloise se décoroit du titre fastueux de Reine des Mers.

[4] *Quand dans les plaines de Pharsale.*

Caton, après la bataille de Pharsale & la mort de Pompée, ayant appris que César le poursuivoit, se mit au lit, lut deux fois le livre de l'immortalité de l'ame de Platon, & se donna un coup de poignard.

[5] *César enchaîna ta rivale.*

La ville de Rome.

[6] *Au cœur d'un foible octogénaire.*

Personne n'ignore l'attentat du Prince Lambesc, qui, le 12 juillet, entra avec sa troupe dans le jardin des Tuileries, à cheval, & le fabre à la main. Les papiers publics atteftent qu'il y terraffa, d'un coup de cimeterre, un Vieillard qui s'oppofoit à fon paffage.

[7] *L'Amour à Mars prête des charmes.*

J'a vu des Dames ôter les rubans de leurs bonnets, pour faire des cocardes à leurs Epoux.

[8] *Déjà frémit le Defpotifme.*

Le fiège de la Baftille, temple affreux du Defpotifme Miniftériel.

[9] *Sur fes autels le Fanatifme.*

Les regiftres de la Baftille ont confervé les noms des Prifonniers enfermés fous prétexte de Janfénifme.

[10] *Sortez, généreufes victimes.*

Parmi les Perfonnes détenues à la Baftille, on a trouvé un Vieillard qui y étoit depuis trente ans.

[11] *Le François n'eft pas né barbare.*

La Nation Françoife ne fera jamais accufée de barbarie, parce qu'un Peuple malheureux a dédaigné un moment les formes de la juftice envers deux monftres qui s'étoient fait un jeu cruel de fouler aux pieds la première & la plus facrée de toutes les loix, celle dé l'humanité. De pareils excès, je l'avoue, ne peuvent être juftifiés que par les circonftances; & je ferois très-fâché d'être du nombre de ceux qui ont ri du propos d'un mauvais Plaifant, qui, faifant allufion au fort que venoient de fubir MM. Berthier & Foulon, « cette foirée, » dit-il, va trancher la fameufe difficulté fur la délibération par » ordre ou par tête. »

[12] *Ce Fils que la douleur égare.*

M. Berthier avoit tué de fa propre main le père du Dragon qui lui arracha le cœur.

[13] *Le Peuple que sa haine affame.*

Le sieur Foulon avoit mis au nombre de ces projets économiques celui de faire manger du foin au Peuple François : ce propos prouve moins l'inhumanité de ce Ministre éphémère, que le degré d'avilissement dans lequel il se flattoit de plonger la Nation Françoise sous son ministère.

[14] *Va faire un horrible festin.*

On a dit que la populace, transportée de rage au récit du Dragon, mit en délibération s'il falloit manger le cœur de l'intendant de Paris. Un fait plus avéré, est que des personnes très-connues burent des liqueurs dans lesquelles elles avoient trempé des lambeaux de chair teints du sang du sieur Berthier, en proférant ces paroles : *Chacun reprend son bien où il le trouve.*

[15] *N'a plus l'appareil d'un Vainqueur.*

Tout le monde sait qu'Henri IV, après le fameux siège de Paris, entra triomphant dans sa bonne ville.

[16] *Ce jour si fécond en miracles.*

Quelle journée ! Les fastes de l'Histoire n'en offrent point de plus fameuse. De génération en génération, les Pères se plairont à en raconter tous les détails à leurs Enfans. « Mes amis, leur diront-ils, quel jour consolant pour la Nation, que celui où elle vit au milieu d'elle un Roi sensible aux maux qu'elle venoit d'éprouver, marcher avec confiance, arborer l'étendard de la liberté, & s'en déclarer hautement le Restaurateur ! Quel jour glorieux pour un Monarque, que celui où d'un seul regard il triompha de ses Sujets, où il pût se flatter de régner sur un Peuple de Héros, & d'être plus puissant par son amour que par ses armées,

[17] *Déjà les fastes de l'Histoire.*

« Les Annales de l'Amérique, dit l'auteur du Tableau de l'His-
» toire de France, ont déjà consacré les hauts faits qui ont illustré
» sa carrière dans un âge où celle des plus grands Héros s'annonce
» à peine. »

[18] *La Fayette prenoit des villes.*

« Celui qui contribua le plus à la grande expédition de la prise
» d'Yorck-Town, ajoute le même auteur, fut sans contredit M. le
» Marquis de la Fayette; c'est lui qui suivit pas à pas Cornwallis,
» le harcela sans cesse, l'accula dans Yorck, & prépara sa reddi-
» tion. Aussi les Américains, ainsi que les François & les Ennemis,
» firent les plus grands éloges de ce Général, qui, quoiqu'encore
» fort jeune, annonçoit par ses démarches le génie d'un Guerrier;
» ses talens sont accompagnés d'une grande douceur de mœurs & d'un
» sang-froid joint au coup-d'œil le plus sûr. »

J'aurois pu renvoyer le Lecteur au volume de l'Histoire de
France, que je viens de citer mot pour mot; mais je n'ai pu me
refuser au plaisir de transcrire un éloge aussi flatteur que mérité, & de
mettre tout le monde à portée de juger que le Poëte est resté au-
dessous de l'Historien, dans la crainte d'être suspect de flatterie.

[19] *Père sensible, époux fidèle.*

Cet éloge n'est point tiré de l'Histoire de France, mais de l'Histoire de sa vie; & j'ose me flatter qu'il ne sera démenti par aucun
de ceux qui ont l'honneur de connoître ce Héros-Citoyen.

[20] *A ne régner que par la Loi.*

La liberté ne consiste point à faire tout ce qu'on veut, mais à
ne faire que ce qui est autorisé par la loi.